IL A ÉTÉ TIRÉ DE CET OUVRAGE :

Douze exemplaires sur papier de Hollande, numérotés de 1 à 12.

JUSTIFICATION DU TIRAGE :

THE BALLAD OF READING GAOL

BALLADE DE LA GEOLE DE READING

THE BALLAD

OF

READING GAOL

BY

C. 3. 3.

M DCCC XCVIII

BALLADE

DE LA

GEOLE DE READING

PAR

OSCAR WILDE

TRANSCRIPTION FRANÇAISE DE HENRY-D. DAVRAY

PARIS

SOCIÉTÉ DV MERCVRE DE FRANCE

XV, RVE DE L'ÉCHAVDÉ-SAINT-GERMAIN, XV

M DCCC XCVIII

IN MEMORIAM

C. T. W.

SOMETIME TROOPER OF THE ROYAL HORSE GUARDS.
OBIIT H. M. PRISON, READING, BERKSHIRE,
JULY 7 TH, 1896

IN MEMORIAM

C. T. W.

QUELQUE TEMPS CAVALIER DE LA GARDE ROYALE,
EXÉCUTÉ DANS LA PRISON DE SA MAJESTÉ, A READING, BERKSHIRE,
7 JUILLET 1896.

I

He did not wear his scarlet coat,
  For blood and wine are red,
And blood and wine were on his hands
  When they found him with the dead,
The poor dead woman whom he loved,
  And murdered in her bed.

He walked amongst the Trial Men
  In a suit of shabby gray;
A cricket cap was on his head,
  And his step seemed light and gay;
But I never saw a man who looked
  So wistfully at the day.

I

Il n'avait plus sa tunique écarlate, car le sang et le vin sont rouges, et sur ses mains il y avait du sang et du vin quand on le trouva avec la morte, la pauvre femme morte qu'il aimait, et qu'il avait tuée dans son lit.

Il allait parmi les prévenus, en un costume d'un gris râpé ; sur sa tête une casquette de cricket, son pas semblait léger et gai ; mais jamais je ne vis un homme regarder si intensément le jour.

I never saw a man who looked
  With such a wistful eye
Upon that little tent of blue
  Which prisoners call the sky,
And at every drifting cloud that went
  With sails of silver by.

I walked, with other souls in pain,
  Within another ring,
And was wondering if the man had done
  A great or little thing,
When a voice behind me whispered low,
  « *That fellow's got to swing.* »

Dear Christ ! the very prison walls
  Suddenly seemed to reel,
And the sky above my head became
  Like a casque of scorching steel ;
And, though I was a soul in pain,
  My pain I could not feel.

Jamais je ne vis un homme regarder avec un œil aussi intense cette petite tente de bleu que les prisonniers appellent le ciel, et chaque nuage qui voguait et passait avec une voilure d'argent.

J'allais avec d'autres âmes en peine, dans un autre préau, et je me demandais si cet homme avait commis beaucoup ou peu de chose, quand une voix derrière moi murmura tout bas : *celui-là sera pendu.*

Ah ! Christ ! Les murs mêmes de la prison soudainement semblèrent chanceler, et le ciel au-dessus de ma tête devint comme un casque d'acier cuisant ; et, bien qu'aussi je fusse une âme en peine, ma peine, je ne pouvais la sentir.

I only knew what hunted thought
  Quickened his step, and why
He looked upon the garish day
  With such a wistful eye;
The man had killed the thing he loved,
  And so he had to die.

♱

Yet each man kills the thing he loves,
  By each let this be heard,
Some do it with a bitter look,
  Some with a flattering word,
The coward does it with a kiss,
  The brave man with a sword!

Je sus seulement quelle pensée pourchassée hâtait son pas, et pourquoi il regardait la fastidieuse clarté du jour d'un œil aussi intense ; l'homme avait tué ce qu'il aimait : et pour cela il devait mourir.

⸸

Pourtant chaque homme tue ce qu'il aime, et que chacun le sache : les uns le font avec un regard de haine, d'autres avec des paroles caressantes, le lâche avec un baiser, l'homme brave avec une épée !

Some kill their love when they are young,
  And some when they are old ;
Some strangle with the hands of Lust,
  Some with the hands of Gold :
The kindest use a knife, because
  The dead so soon grow cold.

Some love too little, some too long,
  Some sell, and others buy ;
Some do the deed with many tears,
  And some without a sigh :
For each man kills the thing he loves,
  Yet each man does not die.

❦

Les uns tuent leur amour quand ils sont jeunes, les autres quand ils sont vieux, certains l'étranglent avec les mains du Désir, d'autres avec les mains de l'Or : les meilleurs se servent d'un couteau, car si tôt les morts se refroidissent.

On aime trop peu, ou on aime trop longtemps, on vend l'amour ou on l'achète ; quelquefois on commet son forfait avec maintes larmes, et quelquefois sans un soupir, car chacun de nous tue ce qu'il aime, pourtant chacun n'a pas à en mourir.

He does not die a death of shame
On a day of dark disgrace,
Nor have a noose about his neck,
Nor a cloth upon his face,
Nor drop feet foremost through the floor
Into an empty space.

He does not sit with silent men
Who watch him night and day;
Who watch him when he tries to weep,
And when he tries to pray;
Who watch him lest himself should rob
The prison of its prey.

He does not wake at dawn to see
Dread figures throng his room,
The shivering Chaplain robed in white,
The Sheriff stern with gloom,
And the Governor all in shiny black,
With the yellow face of Doom.

Il ne meurt pas une mort infamante un jour de sombre disgrâce, il n'a pas autour du cou le nœud coulant, ni le masque sur sa face ; il ne sent pas, à travers le plancher, ses pieds tomber dans le vide.

Il ne demeure pas avec des hommes silencieux qui l'épient jour et nuit ; qui l'épient quand il voudrait pleurer, ou quand il essaye de prier ; qui l'épient de peur que lui-même ne dérobe à la prison sa proie.

Il ne s'éveille pas à l'aube pour voir d'épouvantantes figures attroupées dans sa cellule, le Chapelain qui tremble enrobé de blanc, le Shériff sévère avec componction, et le Gouverneur tout en noir cérémonieux, avec une face jaune de Jugement Dernier.

He does not rise in piteous haste
  To put on convict-clothes,
While the coarse-mouthed Doctor gloats, and
    notes
  Each new and nerve-twitched pose,
Fingering a watch whose little ticks
  Are like horrible hammer-blows.

He does not know that sickening thirst
  That sands one's throat, before
The hangman with his gardener's gloves
  Slips through the padded door,
And binds one with three leathern thongs,
  That the throat may thirst no more.

He does not bend his head to hear
  The Burial Office read,
Nor, while the terror of his soul
  Tells him he is not dead,
Cross his own coffin, as he moves
  Into the hideous shed.

Il ne se lève pas en une hâte pitoyable pour revêtir ses habits de condamné, tandis que le docteur à la bouche grossière le couve des yeux, et prend note de chaque geste grotesque et de chaque contraction nerveuse, en maniant une montre dont les faibles tic-tacs sont comme les coups sourds d'un horrible marteau.

Il ne connaît pas cette soif écœurante qui sable la gorge, avant que le bourreau avec ses gants de gros cuir ne se glisse par la porte à bourrelets, et vous ligotte avec trois lanières, afin que votre gorge n'ait plus jamais soif.

Il ne s'incline pas pour écouter la psalmodie de l'Office des Morts, et tandis que la terreur de son âme lui assure qu'il n'est pas mort, il ne croise pas son propre cercueil, en entrant sous l'affreux hangar.

He does not stare upon the air
  Through a little roof of glass :
He does not pray with lips of clay
  For his agony to pass ;
Nor feel upon his shuddering cheek
  The kiss of Caiaphas.

Il ne jette pas un dernier regard sur le ciel à travers un petit toit de verre ; il ne prie pas avec des lèvres d'argile que son agonie passe : et il ne sent pas sur sa joue frissonnante le baiser de Caïphe.

II

Six weeks our guardsman walked the yard,
  In the suit of shabby gray:
His cricket cap was on his head,
  And his step seemed light and gay,
But I never saw a man who looked
  So wistfully at the day.

I never saw a man who looked
  With such a wistful eye
Upon that little tent of blue
  Which prisoners call the sky,
And at every wandering cloud that trailed
  Its ravelled fleeces by.

II

Pendant six semaines notre soldat fit sa promenade dans la cour, en son costume d'un gris râpé : sur sa tête sa casquette de cricket, et son pas semblait léger et gai, mais jamais je n'avais vu un homme fixer aussi intensément le jour.

Jamais je ne vis un homme regarder avec un œil aussi intense vers cette petite tente de bleu que les prisonniers nomment le ciel, et vers chacun des nuages errants qui traînait sa toison enchevêtrée.

He did not wring his hands, as do
Those witless men who dare
To try to rear the changeling Hope
In the cave of black Despair:
He only looked upon the sun,
And drank the morning air.

He did not wring his hands nor weep,
Nor did he peek or pine,
But he drank the air as though it held
Some healthful anodyne;
With open mouth he drank the sun
As though it had been wine!

And I and all the souls in pain,
Who tramped the other ring,
Forgot if we ourselves had done
A great or little thing,
And watched with gaze of dull amaze
The man who had to swing.

Il ne tordait pas ses mains, comme font ces hommes insensés qui osent essayer de faire vivre l'Espérance, cet enfant maudit, dans le caveau du noir Désespoir : il ne regardait que le soleil et buvait l'air du matin.

Il ne tordait ses mains ni ne pleurait et pas même se chagrinait, mais il buvait l'air comme s'il avait contenu quelque vertu anodyne ; à pleine bouche il buvait le soleil comme si c'eût été du vin !

Et les autres âmes en peine et moi, qui nous promenions dans l'autre préau, oubliâmes si nous-mêmes avions commis beaucoup ou peu de chose, et nous observions avec un regard de morne étonnement l'homme qui devait être pendu.

And strange it was to see him pass
With a step so light and gay,
And strange it was to see him look
So wistfully at the day,
And strange it was to think that he
Had such a debt to pay.

♣

For oak and elm have pleasant leaves
That in the spring-time shoot :
But grim to see is the gallows-tree,
With its adder-bitten root,
And, green or dry, a man must die
Before it bears its fruit !

Et c'était étrange de le voir passer avec une émarche si légère et si gaie, et c'était étrange e le voir fixer si intensément le jour, et c'était trange de penser qu'il avait une telle dette à ayer.

Car le chêne et l'orme ont un feuillage agréable qui jaillit au moment du printemps : mais hideux à voir est l'arbre du gibet avec sa racine mordue par les vipères, et, vert ou desséché, un homme doit mourir avant qu'il porte son fruit !

The loftiest place is that seat of grace
For which all worldlings try:
But who would stand in hempen band
Upon a scaffold high,
And through a murderer's collar take
His last look at the sky?

It is sweet to dance to violins
When Love and Life are fair:
To dance to flutes, to dance to lutes
Is delicate and rare:
But it is not sweet with nimble feet
To dance upon the air!

So with curious eyes and sick surmise
We watched him day by day,
And wondered if each one of us
Would end the self-same way,
For none can tell to what red Hell
His sightless soul may stray.

La place la plus haute est ce siège de grâce vers lequel tendent tous les efforts du monde : mais qui voudrait se trouver avec une cravate de chanvre, haut sur un échafaud, et à travers le collier du meurtrier jeter son dernier regard vers le ciel ?

Il est doux de danser au son des violons quand l'Amour et la Vie sont propices : danser au son des flûtes et des luths est délicat et rare : mais il n'est guère doux de danser en l'air d'un pied agile !

Ainsi avec des yeux curieux et d'affolantes suppositions nous l'observions jour par jour, et nous nous demandions si chacun de nous ne finirait pas de cette même manière, car nul ne peut dire jusqu'à quel rouge enfer son âme aveugle peut s'égarer.

❦

Atlast the dead man walked no more
  Amongst the Trial Men,
And I knew that he was standing up
  In the black dock's dreadful pen,
And that never would I see his face
  In God's sweet world again.

Like two doomed ships that pass in storm
  We had crossed each other's way :
But we made no sign, we said no word,
  We had no word to say ;
For we did not meet in the holy night,
  But in the shameful day.

♱

Enfin, l'homme mort ne se promena plus avec les Prévenus, et je sus qu'il se tenait debout dans l'horrible boîte noire où comparaissent les accusés, et que jamais plus dans ce monde suave du Seigneur je ne verrais sa face.

Comme deux vaisseaux en péril qui passent dans la tourmente, nous nous sommes croisés en route : mais nous n'avons fait aucun signe, nous n'avons dit le moindre mot, nous n'avions aucun mot à nous dire ; car nous ne nous sommes pas rencontrés dans la nuit sainte, mais dans le jour honteux.

A prison wall was round us both,
  Two outcast men we were;
The world had thrust us from its heart,
  And God from out His care:
And the iron gin that waits for Sin
  Had caught us in its snare.

Un mur de prison nous entourait tous deux, deux déshérités nous étions : le monde nous avait rejetés de son cœur, et Dieu hors de Sa sollicitude : et l'embûche de fer qui attend le péché nous avait attrapés dans son piège.

III

In Debtors' Yard the stones are hard,
And the dripping wall is high,
So it was there he took the air
Beneath the leaden sky,
And by each side a Warder walked,
For fear the man might die.

Or else he sat with those who watched
His anguish night and day;
Who watched him when he rose to weep,
And when he crouched to pray;
Who watched him lest himself should rob
Their scaffold of its prey.

III

Dans la cour des Endettés les pavés sont rudes, et les murs suintants sont élevés, et c'était là qu'il prenait l'air sous le ciel plombant, et de chaque côté un Gardien marchait, de crainte que l'homme ne mourût.

Ou bien il s'asseyait avec ceux qui épiaient son angoisse nuit et jour ; qui l'épiaient quand il se levait pour pleurer ou qu'il se courbait pour prier ; qui l'épiaient de peur que lui-même ne dérobât à leur échafaud sa proie.

The Governor was strong upon
  The Regulations Act:
The Doctor said that Death was but
  A scientific fact:
And twice a day the Chaplain called,
  And left a little tract.

And twice a day he smoked his pipe,
  And drank his quart of beer:
His soul was resolute, and held
  No hiding-place for fear;
He often said that he was glad
  The hangman's hands were near.

But why he said so strange a thing
  No Warder dared to ask:
For he to whom a watcher's doom
  Is given as his task,
Must set a lock upon his lips,
  And make his face a mask.

Le Gouverneur était fort sur les Articles du Règlement : le Docteur disait que la Mort n'était qu'un fait scientifique; et deux fois par jour le Chapelain venait, et laissait un petit traité.

Et deux fois par jour il fumait sa pipe, et buvait son pot de bière : son âme était résolue, et en aucun endroit la crainte ne s'y pouvait cacher ; il disait souvent qu'il était content que les mains du bourreau fussent proches.

Mais pourquoi il disait une aussi étrange chose, aucun Gardien n'osait le lui demander ; car celui auquel est donné comme tâche le sort de gardien, doit mettre un verrou à ses lèvres, et faire de sa figure un masque.

Or else he might be moved, and try
To comfort or console:
And what should Human Pity do
Pent up in Murderers' Hole?
What word of grace in such a place
Could help a brother's soul?

♣

With slouch and swing around the ring
We trod the Fools' Parade!
We did not care: we knew we were
The Devil's Own Brigade:
And shaven head and feet of lead
Make a merry masquerade.

Car autrement il pourrait être ému, et qu'aurait à faire la Pitié Humaine enfermée dans l'Antre des Meurtriers ? quelle parole de grâce en un tel endroit pourrait secourir l'âme d'un frère ?

❦

Avec une démarche lourde et balancée, tout autour du préau, nous exécutions la Parade des Fous ! que nous importait ! nous savions être la Brigade du Diable et têtes rases et pieds de plomb font une joyeuse mascarade.

We tore the tarry rope to shreds
With blunt and bleeding nails;
We rubbed the doors, and scrubbed the floors,
And cleaned the shining rails:
And, rank by rank, we soaped the plank,
And clattered with the pails.

We sewed the sacks, we broke the stones,
We turned the dusty drill:
We banged the tins, and bawled the hymns,
And sweated on the mill:
But in the heart of every man
Terror was lying still.

So still it lay that every day
Crawled like a weed-clogged wave:
And we forgot the bitter lot
That waits for fool and knave,
Till once, as we tramped in from work,
We passed an open grave.

Nous déchirions brin à brin la corde goudronnée avec nos ongles usés et sanglants ; nous frottions les portes, et lavions les planchers, et nettoyions les barreaux luisants : et par groupes, nous savonnions les boiseries, en heurtant bruyamment les seaux.

On cousait les sacs, et on cassait les pierres, et on tournait la drille poussiéreuse : on heurtait les gamelles, et on braillait les hymnes, et on suait sur le moulin : mais dans le cœur de chacun la terreur était cachée tranquille.

Si tranquille elle était que chaque jour se traînait comme une vague embarrassée d'herbes : et nous oubliions l'âpre destin qui attend la dupe et le coquin, jusqu'à ce qu'une fois, en revenant de quelque corvée, nous passâmes auprès d'une tombe ouverte.

With yawning mouth the yellow hole
  Gaped for a living thing;
The very mud cried out for blood
  To the thirsty asphalte ring:
And we knew that ere the dawn grew fair
  One of us had to swing.

Right in we went, with soul intent
  On Death and Dread and Doom:
The hangman, with his little bag,
  Went shuffling through the gloom:
And each man trembled as he crept
  Into his numbered tomb.

Avec une bouche béante le trou jaune bâillait pour une pâture vivante ; la boue même réclamait du sang au préau d'asphalte altéré : et nous sûmes qu'avant l'aube blondissante l'un de nous se balancerait au gibet.

Tout droit nous rentrâmes, l'âme attentive à la Mort, à l'Epouvante et au Destin : le bourreau avec son petit sac passa, traînant les pieds, dans les ténèbres, et chaque prisonnier tremblait en se glissant dans sa tombe numérotée.

That night the empty corridors
Were full of forms of Fear,
And up and down the iron town
Stole feet we could not hear,
And through the bars that hide the stars
White faces seemed to peer.

He lay as one who lies and dreams
In a pleasant meadow-land,
The watchers watched him as he slept,
And could not understand
How one could sleep so sweet a sleep
With a hangman close at hand.

But there is no sleep when men must weep
Who never yet have wept:
So we—the fool, the fraud, the knave—
That endless vigil kept,
And through each brain on hands of pain
Another's terror crept.

Cette nuit-là les corridors vides furent pleins de formes effrayantes, et du haut en bas de la Ville de Fer on sentait des pas furtifs qu'on ne pouvait entendre et à travers les barreaux qui cachent les étoiles, des faces blanches semblaient regarder curieusement.

Il reposait comme quelqu'un qui dort et rêve sur l'herbe douce d'une prairie ; les gardiens l'examinaient comme il dormait, et ne pouvaient pas comprendre comment on peut dormir un sommeil aussi tranquille avec le bourreau à portée de la main.

Mais il n'y a pas de sommeil quand ceux-là doivent pleurer qui jamais encore n'ont versé de larmes : aussi nous — les dupes, les frauduleux, les coquins — fîmes cette interminable veillée, et à travers chaque cerveau, sur ses mains de Douleur, la peine d'un autre se glissa en rampant.

♱

Alas! it is a fearful thing
  To feel another's guilt!
For, right within, the sword of Sin
  Pierced to its poisoned hilt,
And as molten lead were the tears we shed
  For the blood we had not spilt.

The Warders with their shoes of felt
  Crept by each padlocked door,
And peeped and saw, with eyes of awe,
  Gray figures on the floor,
And wondered why men knelt to pray
  Who never prayed before.

❦

Hélas, c'est une effrayante chose d'éprouver
e forfait d'un autre ! car, droit à l'âme, le glaive
lu Mal nous pénétrait jusqu'à sa garde empoi-
onnée, et comme du plomb fondu furent les
armes que nous répandîmes pour le sang que
ious n'avions pas versé.

Les gardiens avec leurs chaussures de feutre
se glissaient par les portes cadenassées ; par les
judas ils examinaient, et ils voyaient, avec des
yeux d'étonnement et de crainte, des formes gri-
ses sur le sol, et ils se demandaient pourquoi
ceux-là s'agenouillaient pour prier qui jamais
encore n'avaient prié.

All through the night we knelt and prayed,
Mad mourners of a corse!
The troubled plumes of midnight were
The plumes upon a hearse:
And bitter wine upon a sponge
Was the savour of Remorse.

❦

The gray cock crew, the red cock crew,
But never came the day:
And crooked shapes of Terror crouched,
In the corners where we lay:
And each evil sprite that walks by night
Before us seemed to play.

Pendant la nuit entière, agenouillés nous priâmes, déments menant le deuil d'un cadavre! Les plumes agitées de minuit étaient comme les panaches d'un char mortuaire : et comme un vin aigre sur une éponge était la saveur du Remords.

♣

Le coq gris chanta, le coq rouge chanta, mais jamais ne vint le jour : et des formes tortueuses de Terreur se blottirent dans les coins où nous gisions : et chaque esprit malin qui s'ébat dans les ténèbres semblait folâtrer devant nous.

They glided past, they glided fast,
  Like travellers through a mist:
They mocked the moon in a rigadoon
  Of delicate turn and twist,
And with formal pace and loathsome grace
  The phantoms kept their tryst.

With mop and mow, we saw them go,
  Slim shadows hand in hand:
About, about, in ghostly rout
  They trod a saraband:
And the damned grotesques made arabesques,
  Like the wind upon the sand!

With the pirouettes of marionettes,
  They tripped on pointed tread:
But with flutes of Fear they filled the ear,
  As their grisly masque they led,
And loud they sang, and long they sang,
  For they sang to wake the dead.

Ils glissaient et passaient, ils glissaient rapides, comme des passants dans la brume : ils imitaient la lune en un rigodon de figures et de contorsions délicates, et avec des pas céré nieux et des grâces odieuses les fantômes arrivaient à leur rendez-vous.

Avec des grimaces et des drôleries, nous les vîmes passer, frêles ombres, la main dans la main ; à la ronde, à la ronde, en une cohue fantômale ils dansèrent une sarabande : et les damnés grotesques faisaient des arabesques, comme le vent sur le sable !

Avec des pirouettes de marionnettes, ils dansaient légèrement sur les pointes : mais avec les flûtes de la Peur ils emplissaient l'oreille, en conduisant leur affreuse mascarade, et bruyamment ils chantaient, et longuement ils chantaient, car ils chantaient pour éveiller les morts.

« *Oho!* » they cried, « *The world is wide,*
But fettered limbs go lame!
And once, or twice, to throw the dice
Is a gentlemanly game,
But he does not win who plays with Sin
In the secret House of Shame. »

❦

No things of air these antics were,
That frolicked with such glee ;
To men whose lives were held in gyves,
And whose feet might not go free,
Ah! wounds of Christ! they were living things,
Most terrible to see.

« *Oho!* criaient-ils, *le monde est vaste, mais les membres entravés vont en trébuchant, et une fois, ou deux fois, jeter les dés est un jeu distingué et comme il faut, mais il ne gagne pas, celui qui joue avec le Péché dans la secrète Maison de Honte.* »

♱

Ils n'étaient nullement formes aériennes ces êtres grotesques qui gambadaient avec une telle gaîté : pour ceux-là dont les vies étaient retenues enchaînées, et dont les pieds ne pouvaient aller librement, ah ! Plaies du Christ ! ils étaient bien vivants et terribles à voir.

Around, around, they waltzed and wound ;
Some wheeled in smirking pairs ;
With the mincing step of a demirep
Some sidled up the stairs :
And with subtle sneer, and fawning leer,
Each helped us at our prayers.

The morning wind began to moan,
But still the night went on :
Through its giant loom the web of gloom
Crept till each thread was spun :
And, as we prayed, we grew afraid
Of the Justice of the Sun.

A la ronde, à la ronde, ils valsaient et tourbillonnaient ; quelques-uns tournaient par couples minaudiers ; avec des pas affectés de demi-vertus quelques-uns effleuraient les escaliers : et avec de subtils sarcasmes et de caressantes œillades, chacun d'eux nous assistait dans nos prières.

❦

Le vent du matin commença à gémir, mais la nuit se continua ; sur son métier géant le tissu des ténèbres glissa jusqu'à ce que chaque fil fût tissé : et, tandis que nous priions, la peur nous gagnait de la Justice du Soleil.

The moaning wind went wandering round
  The weeping prison-wall :
Till like a wheel of turning steel
  We felt the minutes crawl :
O moaning wind ! what had we done
  To have such a seneschal ?

At last I saw the shadowed bars,
  Like a lattice wrought in lead,
Move right across the whitewashed wall
  That faced my three-plank bed,
And I knew that somewhere in the world
  God's dreadful dawn was red.

Le vent gémissant vint errer à l'entour des murs de la prison : jusqu'à ce que, comme une roue d'acier qui tourne, nous sentîmes les minutes nous pénétrer : ô vent gémissant ! qu'avions-nous fait pour avoir un tel veilleur ?

Enfin je vis l'ombre des barreaux, comme un treillis de plomb façonné, se projeter sur le mur blanchi à la chaux qui faisait face à mon lit de planches, et je sus que quelque part dans le monde l'aube terrible de Dieu était rouge.

At six o'clock we cleaned our cells,
At seven all was still,
But the sough and swing of a mighty wing
The prison seemed to fill,
For the Lord of Death with icy breath
Had entered in to kill.

He did not pass in purple pomp,
Nor ride a moon-white steed.
Three yards of cord and a sliding board
Are all the gallows' need ;
So with rope of shame the Herald came
To do the secret deed.

A six heures chacun balaya sa cellule, à sept tout était tranquille, mais l'essor frémissant d'un vol puissant sembla remplir la prison, car le Seigneur de Mort à l'haleine glacée était entré pour tuer.

Il ne passa pas en pourpre pompeuse, et il ne chevauchait pas un coursier d'une blancheur lunaire. Trois mètres de corde et une planche à coulisse, c'est là tout ce dont a besoin la potence : ainsi avec la corde d'opprobre le Hérant vint faire son œuvre secrète.

We were as men who through a fen
   Of filthy darkness grope:
We did not dare to breathe a prayer,
   Or to give our anguish scope:
Something was dead in each of us,
   And what was dead was Hope.

For Man's grim Justice goes her way,
   And will not swerve aside:
She slays the weak, she slays the strong,
   She has a deadly stride:
With iron heel she slays the strong,
   The monstrous parricide!

Nous étions comme des gens qui dans un marécage d'immonde obscurité avancent à tâtons ; nous n'osions pas soupirer une prière, ni donner carrière à notre angoisse : quelque chose était mort en chacun de nous et ce qui était mort c'était l'Espoir.

Car la farouche Justice de l'Homme suit droit sa route, sans se permettre le moindre écart : elle frappe le faible, elle frappe le fort, sa marche est implacable : avec un talon de fer elle écrase le fort, la monstrueuse parricide !

We waited for the stroke of eight;
Each tongue was thick with thirst:
For the stroke of eight is the stroke of Fate
That makes a man accursed,
And Fate will use a running noose
For the best man and the worst.

We had no other thing to do,
Save to wait for the sign to come:
So, like things of stone in a valley lone,
Quiet we sat and dumb:
But each man's heart beat thick and quick,
Like a madman on a drum!

Nous attendions le coup de huit heures : nos langues étaient épaisses et altérées : car le coup de huit heures est le coup du Destin qui fait un homme maudit, et le Destin emploie un nœud bien coulant, pour l'homme le meilleur et pour le pire.

Nous n'avions autre chose à faire, que d'attendre le signe à venir ; aussi, comme des choses de pierre dans une vallée solitaire, nous étions assis immobiles et muets : mais le cœur de chacun battait fort et vite, comme un dément sur un tambour.

With sudden shock the prison-clock
  Smote on the shivering air,
And from all the gaol rose up a wail
  Of impotent despair,
Like the sound that frightened marshes hear
  From some leper in his lair.

And as one sees most fearful things
  In the crystal of a dream,
We saw the greasy hempen rope
  Hooked to the blackened beam,
And heard the prayer the hangman's snare
  Strangled into a scream.

And all the woe that moved him so
  That he gave that bitter cry,
And the wild regrets, and the bloody sweats,
  None knew so well as I:
For he who lives more lives than one
  More deaths than one must die.

D'un choc soudain, l'horloge de la prison ébranla l'air frémissant, et de la geôle entière s'éleva un gémissement de désespoir impuissant, comme le cri, qu'entendaient les marécages effrayés, de quelque lépreux dans son repaire.

Et ainsi que l'on voit les plus effroyables choses dans le cristal d'un rêve, nous vîmes la huileuse corde de chanvre accrochée à la poutre noircie, et nous entendîmes la prière que le collet du bourreau étrangla dans un grand cri.

Et toute la douleur qui l'ébranla tellement qu'il poussa ce cri affreux, et son remords déchirant, et ses sueurs de sang, nul ne les connut si bien que moi : car celui qui vit plus d'une vie, doit mourir aussi plus d'une mort.

IV

There is no chapel on the day
  On which they hang a man:
The Chaplain's heart is far too sick,
  Or his face is far too wan,
Or there is that written in his eyes
  Which none should look upon.

So they kept us close till nigh on noon,
  And then they rang the bell,
And the Warders with their jingling keys
  Opened each listening cell,
And down the iron stair we tramped,
  Each from his separate Hell.

IV

Il n'y a pas d'office le jour où l'on pend un condamné : le cœur du Chapelain est bien trop malade, ou sa face bien trop blême, ou il y a écrit dans ses yeux ce que nul ne doit voir.

Ainsi ils nous gardèrent enfermés jusqu'à près de midi, et alors on sonna la cloche, et les Gardiens avec leurs clés cliquetantes ouvrirent chaque cellule aux écoutes, et nous descendîmes pesamment l'escalier de fer, chacun hors de son Enfer distinct.

Out into God's sweet air we went,
But not in wonted way,
For this man's face was white with fear,
And that man's face was gray,
And I never saw sad men who looked
So wistfully at the day.

I never saw sad men who looked
With such a wistful eye
Upon that little tent of blue
We prisoners called the sky,
And at every careless cloud that passed
In happy freedom by.

But there were those amongst us all
Who walked with downcast head,
And knew that, had each got his due,
They should have died instead :
He had but killed a thing that lived,
Whilst they had killed the dead.

Dehors, au doux plein air de Dieu nous allâmes, mais non à la façon accoutumée, car la face de celui-ci était blanche de peur, et la face de celui-là était grise, et jamais je ne vis des hommes tristes regarder aussi intensément le jour.

Jamais je ne vis des hommes tristes regarder avec un œil aussi intense cette petite tente de bleu que nous, prisonniers, appelions le ciel, et chaque nuée indifférente qui passait en heureuse liberté.

Mais il y en avait parmi nous tous qui marchaient la tête basse, et savaient que, si chacun avait eu son dû, ils auraient mérité de mourir : lui n'avait tué qu'une chose qui vivait, tandis qu'ils avaient tué une chose morte.

For he who sins a second time
Wakes a dead soul to pain,
And draws it from its spotted shroud,
And makes it bleed again,
And makes it bleed great gouts of blood,
And makes it bleed in vain!

Like ape or clown, in monstrous garb
With crooked arrows starred,
Silently we went round and round
The slippery asphalte yard;
Silently we went round and round,
And no man spoke a word.

Car celui qui pèche une seconde fois éveille à la peine une âme morte, et il la tire de son suaire taché, et la fait saigner à nouveau, et la fait saigner de larges gouttes de sang, et la fait saigner en vain !

❦

Comme des singes ou des clowns, en monstrueux apparat, étoilés de flèches en dessin irrégulier, silencieusement nous allâmes tout autour de la cour d'asphalte glissant ; silencieusement nous allions tout à l'entour, et personne ne disait mot.

Silently we went round and round,
And through each hollow mind
The Memory of dreadful things
Rushed like a dreadful wind,
And Horror stalked before each man,
And Terror crept behind.

♰

The Warders strutted up and down,
And kept their herd of brutes,
Their uniforms were spick and span,
And they wore their Sunday suits,
But we knew the work they had been at,
By the quicklime on their boots.

Silencieusement nous allions tout à l'entour, et dans chaque cerveau creux, la Mémoire de choses terribles s'engouffrait comme un vent terrible, et l'Horreur paradait devant chacun et la Terreur rampait derrière.

Les Gardiens se pavanaient deci delà, gardant leur troupeau de brutes, leurs uniformes étaient tout battant neuf et c'était leur tenue des Dimanches, mais nous savions à quelle besogne ils avaient été, par la chaux vive de leurs souliers.

For where a grave had opened wide,
There was no grave at all :
Only a stretch of mud and sand
By the hideous prison-wall,
And a little heap of burning lime,
That the man should have his pall.

Forhe has a pall, this wretched man,
Such as few men can claim :
Deep down below a prison-yard,
Naked for greater shame,
He lies, with fetters on each foot,
Wrapt in a sheet of flame !

And all the while the burning lime
Eats flesh and bone away,
It eats the brittle bone by night,
And the soft flesh by day,
It eats the flesh and bone by turns,
But it eats the heart alway.

Car là où la tombe s'était ouverte toute grande, il n'y avait plus de tombe du tout : seulement un peu de terre et de sable près du mur hideux de la prison, et un petit tas de chaux ardente, afin que l'homme ait un suaire.

Car il a un suaire, ce malheureux, tel que peu de gens peuvent en réclamer : bien au fond, au bas d'une cour de prison, nu pour plus grande honte, il gît, avec des chaînes à chaque pied, enveloppé dans un drap de flamme !

Et pendant tout le temps, la chaux ardente dévore sa chair et ses os, elle ronge les os cassants pendant la nuit, et la chair tendre pendant le jour, elle mange la chair et les os tour à tour, mais elle ronge le cœur sans cesse.

❦

For three long years they will not sow
  Or root or seedling there:
For three long years the unblessed spot
  Will sterile be and bare,
And look upon the wondering sky
  With unreproachful stare.

They think a murderer's heart would taint
  Each simple seed they sow.
It is not true! God's kindly earth
  Is kindlier than men know,
And the red rose would but blow more red,
  The white rose whiter blow.

Pendant trois longues années, ils ne sèmeront ni ne planteront là : pendant trois longues années, l'endroit maudit sera stérile et nu, et regardera le ciel étonné avec un regard sans reproches.

Ils croient qu'un cœur de meurtrier corrompait chaque simple semence qu'ils sèment. Ce n'est pas vrai ! La bienveillante terre de Dieu est plus généreuse que ne le savent les hommes, et la rose rouge s'épanouirait plus rouge et la rose blanche plus blanche.

Out of his mouth a red, red rose!
Out of his heart a white!
For who can say by what strange way,
Christ brings His will to light,
Since the barren staff the pilgrim bore
Bloomed in the great Pope's sight?

✝

But neither milk-white rose nor red
May bloom in prison air;
The shard, the pebble, ant the flint,
Are what they give us there:
For flowers have been known to heal
A common man's despair.

Hors de sa bouche, une rouge, rouge rose ! Hors de son cœur, une blanche ! Car qui peut dire de quelle étrange façon Christ manifeste Sa volonté, depuis que le bâton sec que portait le pèlerin fleurit à la vue du grand Pape ?

❦

Mais ni la rose blanc de lait ni la rouge ne peuvent fleurir dans l'air d'une prison : tessons, cailloux, silex, sont ce qu'ils nous donnent là ; car on sait que parfois les fleurs ont apaisé le désespoir de l'homme simple.

So never will wine-red rose or white,
  Petal by petal, fall
On that stretch of mud and sand that lies
  By the hideous prison-wall,
To tell the men who tramp the yard
  That God's Son died for all.

❦

Yet though the hideous prison-wall
  Still hems him round and round,
And a spirit may not walk by night
  That is with fetters bound,
And a spirit may but weep that lies
  In such unholy ground,

Ainsi jamais la rose rouge de vin, ni la blanche, pétale par pétale, ne tomberont sur ce peu de terre et de sable auprès du mur hideux de la prison, pour dire aux hommes qui passent dans la cour que le Fils de Dieu mourut pour tous.

✝

Pourtant, bien que le hideux mur de la prison le cerne encore tout à l'entour, et qu'un esprit ne puisse vagabonder de nuit, qui de chaînes est lié, et qu'un esprit ne puisse que pleurer qui gît en une terre aussi impie,

He is at peace—this wretched man—
At peace, or will be soon :
There is no thing to make him mad,
Nor does Terror walk at noon,
For the lampless Earth in which he lies
Has neither Sun nor Moon.

✣

They hanged him as a beast is hanged :
They did not even toll
A requiem that might have brought
Rest to his startled soul,
But hurriedly they took him out,
And hid him in a hole.

Il est en paix — le misérable — en paix ou le sera bientôt : il n'y a rien là qui puisse l'affoler et la Terreur ne s'y promène pas au plein jour, car la Terre sans clarté dans laquelle il repose n'a ni Soleil ni Lune.

♆

Ils le pendirent comme on pend une bête : ils ne sonnèrent même pas un glas qui eût pu apporter quelque apaisement à son âme effrayée, mais précipitamment ils l'emportèrent et le cachèrent dans un trou.

They stripped him of his canvas clothes,
   And gave him to the flies:
They mocked the swollen purple throat,
   And the stark and staring eyes:
And with laughter loud they heaped the shrou
   In which their convict lies.

The Chaplain would not kneel to pray
   By his dishonoured grave:
Nor mark it with that blessed Cross
   That Christ for sinners gave,
Because the man was one of those
   Whom Christ came down to save.

Yet all is well; he has but passed
   To Life's appointed bourne:
And alien tears will fill for him
   Pity's long-broken urn,
For his mourners will be outcast men,
   And outcasts always mourn.

Ils lui enlevèrent ses habits de toile, et l'abandonnèrent aux mouches : ils se moquèrent de sa gorge pourpre et enflée, et de ses yeux purs et fixes, et avec de grands rires ils entassèrent le linceul dans lequel leur condamné repose.

Le Chapelain ne s'agenouillerait pas au bord de cette tombe déshonorée, et ne la marquerait pas de la Croix bénie que le Christ pour les pécheurs donna, parce que l'homme était un de ceux que Christ était descendu sauver.

Cependant tout est bien ; il n'a que franchi les bornes connues de la Vie : et pour lui des larmes étrangères empliront l'urne depuis longtemps brisée de la Pitié, car ses pleureurs seront les rejetés, et les rejetés toujours pleurent.

V

I know not whether Laws be right,
  Or whether Laws be wrong;
All that we know who lie in gaol
  Is that the wall is strong;
And that each day is like a year,
  A year whose days are long.

But this I know, that every Law
  That men have made for Man,
Since first Man took his brother's life,
  And the sad world began,
But straws the wheat and saves the chaff
  With a most evil fan.

V

Je ne sais si les Lois ont raison, ou si les Lois ont tort ; tout ce que nous savons, nous, les captifs de la geôle, c'est que le mur est solide ; et que chaque journée est comme une année, une année dont les jours sont longs.

Mais ceci, je le sais, que toute Loi que les hommes ont faite pour l'Homme depuis qu'un Homme le premier prit la vie de son frère et que le monde de l'affliction commença, toute Loi disperse le bon grain et garde la balle, avec le pire des vans.

This too I know—and wise it were
   If each could know the same—
That every prison that men build
   Is built with bricks of shame,
And bound with bars lest Christ should see
   How men their brothers maim.

With bars they blur the gracious moon,
   And blind the goodly sun:
And they do well to hide their Hell,
   For in it things are done
That Son of God nor son of Man
   Ever should look upon!

Ceci aussi, je le sais — et combien sage si chacun pouvait le savoir de même — que chaque prison que bâtissent les hommes est bâtie avec les briques de l'infamie, et fermée de barreaux, de peur que Christ ne voie comment les hommes mutilent leurs frères.

Avec des barreaux ils défigurent la lune gracieuse, et ils aveuglent le bon soleil : et ils font bien de cacher leur Enfer, car il s'y passe des choses que ni Fils de Dieu ni fils de l'Homme jamais ne devrait voir.

The vilest deeds like poison weeds
Bloom well in prison-air :
It is only what is good in Man
That wastes and withers there :
Pale Anguish keeps the heavy gate,
And the Warder is Despair.

For they starve the little frightened child
Till it weeps both night and day :
And they scourge the weak, and flog the fool,
And gibe the old and gray,
And some grow mad, and all grow bad,
And none a word may say.

Each narrow cell in which we dwell
Is a foul and dark latrine,
And the fetid breath of living Death
Chokes up each grated screen,
And all, but Lust, is turned to dust
In Humanity's machine.

Les actions les plus viles, ainsi que des herbes empoisonnées, s'épanouissent dans l'air de la prison : c'est seulement ce qui est bon dans l'Homme qui s'épuise et se flétrit là : la pâle Angoisse veille à la lourde barrière et le Gardien est Désespoir.

Car ils affament le petit enfant terrifié jusqu'à ce qu'il pleure jour et nuit : et ils flagellent le faible, ils fouettent l'idiot,et raillent les vieillards gris, et certains deviennent fous, et tous deviennent pires, et nul ne peut dire un mot.

Chaque étroite cellule que nous habitons est une infecte et sombre latrine, et l'haleine fétide de la Mort vivante étouffe chaque lucarne grillée, et tout, sauf le Désir, est réduit en poussière dans la machine Humanité.

The brackish water that we drink
  Creeps with a loathsome slime,
And the bitter bread they weigh in scales
  Is full of chalk and lime,
And Sleep will not lie down, but walks
  Wild-eyed, and cries to Time.

⸙

But though lean Hunger and green Thirst
  Like asp with adder fight,
We have little care of prison fare,
  For what chills and kills outright
Is that every stone one lifts by day
  Becomes one's heart by night.

L'eau saumâtre que nous buvons glisse avec un limon nauséabond, et le pain amer qu'ils pèsent avec soin est plein de craie et de chaux, et le Sommeil jamais ne se couche, mais marche les yeux hagards — implorant le Temps.

⁂

Mais bien que la Faim amaigrie et la Soif livide, ainsi que l'aspic et la vipère, combattent, on se soucie peu de la chère de la prison, car ce qui glace et tue entièrement c'est que chaque pierre qu'on soulève pendant le jour devient votre cœur la nuit.

With midnight always in one's heart,
And twilight in one's cell,
We turn the crank, or tear the rope,
Each in his separate Hell,
And the silence is more awful far
Than the sound of a brazen bell.

And never a human voice comes near
To speak a gentle word :
And the eye that watches through the door
Is pitiless and hard :
And by all forgot, we rot and rot,
With soul and body marred.

And thus we rust Life's iron chain
Degraded and alone :
And some men curse, and some men weep,
And some men make no moan :
But God's eternal Laws are kind
And break the heart of stone.

Avec minuit toujours dans le cœur, et le crépuscule dans la cellule, nous tournions la manivelle, et nous effilochions la corde, chacun dans son enfer distinct, et le silence est plus redoutable que le son de cloches d'airain.

Et jamais une voix humaine ne s'approche pour dire une douce parole : et l'œil qui examine à travers le judas est impitoyable et dur, et de tous oubliés, nous pourrissons et pourrissons, l'âme et le corps gâtés.

Et ainsi nous rouillons la chaîne de fer de la Vie, avilis et seuls, et quelques-uns profèrent des malédictions, et quelques autres pleurent, et certains ne font entendre le moindre gémissement ; mais les Lois éternelles de Dieu sont indulgentes et brisent le cœur de pierre.

✠

And every human heart that breaks,
In prison-cell or yard,
Is as that broken box that gave
Its treasure to the Lord,
And filled the unclean leper's house
With the scent of costliest nard.

Ah! happy they whose hearts can break
And peace of pardon win!
How else may man make straight his plan
And cleanse his soul from Sin?
How else but through a broken heart
May Lord Christ enter in?

♣

Et chaque cœur humain qui se brise dans une cour ou cellule de prison, est comme cette cassette brisée qui donna son trésor au Seigneur et remplit l'impure demeure du lépreux du parfum du nard le plus précieux.

Ah ! heureux ceux-là dont les cœurs peuvent se briser et gagner la paix du pardon ! Comment l'homme pourrait-il autrement dresser son plan et purifier son âme du péché ? Où, sinon dans un cœur brisé, le Seigneur Christ pourrait-il entrer ?

✣

And he of the swollen purple throat,
   And the stark and staring eyes,
Waits for the holy hands that took
   The Thief to Paradise ;
And a broken and a contrite heart
   The Lord will not despise.

The man in red who reads the Law
   Gave him there weeks of life,
Three little weeks in which to heal
   His soul of his soul's strife,
And cleanse from every blot of blood
   The hand that held the knife.

♱

Et l'homme à la gorge pourpre et enflée, et aux yeux purs et fixes, attend les saintes mains qui prirent le Voleur au Paradis, et le Seigneur ne méprise pas le cœur brisé et contrit.

L'homme en rouge qui lit la Loi lui accorda trois semaines de vie, trois petites semaines pour guérir son âme du désaccord de son âme, et pour purifier, de la moindre goutte de sang, la main qui avait tenu le couteau.

And with tears of blood he cleansed the hand,
The hand that held the steel:
For only blood can wipe out blood,
And only tears can heal:
And the crimson stain that was of Cain
Became Christ's snow-white seal.

Et avec des larmes de sang il purifia sa main, la main qui tint l'acier ; car seul le sang peut effacer le sang, et seules les larmes peuvent guérir ; et la tache cramoisie qui était de Caïn, devint de Christ le sceau blanc de neige.

VI

In Reading gaol by Reading town
  There is a pit of shame,
And in it lies a wretched man
  Eaten by teeth of flame,
In a burning winding-sheet he lies,
  And his grave has got no name.

And there, till Christ call forth the dead,
  In silence let him lie:
No need to waste the foolish tear,
  Or heave the windy sigh:
The man had killed the thing he loved,
  And so he had to die.

VI

DANS la geôle de Reading auprès de la ville, il est une tombe d'infamie, et là gît un misérable dévoré par des dents de flamme, dans un linceul ardent il gît, et sa tombe n'a pas de nom.

Et là, jusqu'à ce que Christ appelle les morts, qu'il repose en silence ; nul besoin de prodiguer des larmes insensées, ou de pousser de haletants soupirs : l'homme avait tué ce qu'il aimait, et c'est pour cela qu'il eut à mourir.

And all men kill the thing they love,
  By all let this be heard,
Some do it with a bitter look,
  Some with a flattering word,
The coward does it with a kiss,
  The brave man with a sword!

Et chacun tue la chose qu'il aime, que tous entendent ceci : les uns le font avec un regard de haine, d'autres avec des paroles caressantes, le lâche avec un baiser, l'homme brave avec une épée !

ACHEVÉ D'IMPRIMER

LE DIX SEPTEMBRE MIL HUIT CENT QUATRE-VINGT-DIX-HUIT

POUR LE

MERCVRE DE FRANCE

www.ingramcontent.com/pod-product-compliance
Lightning Source LLC
LaVergne TN
LVHW012023220826
846092LV00001B/461